ESSAI

SUR LA

CAMPAGNE DE CRIMÉE

DÉDIÉ

AU GÉNÉRAL CANROBERT

PAR L'AUTEUR

LOUIS MARIE B...

VIEUX SOLDAT D'AUSTERLITZ ET DE.. ..

CHEVALIER DE LA LÉGION-D'HONNEUR.

PARIS

IMPRIMERIE APPERT ET VAVASSEUR

PASSAGE DU CAIRE, 54.

1856.

ESSAI

SUR LA

CAMPAGNE DE CRIMÉE

DÉDIÉ

AU GÉNÉRAL CANROBERT

PAR L'AUTEUR

LOUIS MARIE B....

VIEUX SOLDAT D'AUSTERLITZ ET DE.....

CHEVALIER DE LA LÉGION-D'HONNEUR.

PARIS

IMPRIMERIE APPERT ET VAVASSEUR

PASSAGE DU CAIRE, 54.

—

1856.

AVERTISSEMENT

Lecteurs, c'est un Essai ; mais non pas un Poème,

A soixante-quinze ans, souffrant, chétif et blême,

On ne sait plus parler la langue des Dieux

Surtout lorsque l'on est prêt à fermer les yeux :

Ah ! pour ma pauvre muse ayez de l'indulgence,

Elle est faible, boiteuse et devient en enfance ;

Mais son vieux cœur palpite aux récits des combats

Et quand un laurier brille au front de nos soldats.

(C.)

ESSAI

SUR LA

CAMPAGNE DE CRIMÉE

DÉDIÉ

AU GÉNÉRAL CANROBERT.

SOMMAIRE

Départ de la Flotte française pour Constantinople, son arrivée dans le Port. — Sommation arrogante de l'Empereur Nicolas au Grand-Sultan. — Départ de la Flotte pour la Crimée. — Débarquement. — Bataille de l'Alma. — Nicolas appelle tout son Peuple aux armes. — Paroles d'un Seigneur de la Cour de Russie à Nicolas. — Réponse de l'Empereur. — Le Général Canrobert remplace le Maréchal Saint-Arnault dans le commandement de l'Armée. — Siége de Sébastopol. — Le Général Canrobert est rappelé par l'Empereur. — Paroles de l'Empereur à ce Général et à l'Armée. — Le Général Pélissier prend le commandement de l'Armée, son allocution à ses Soldats avant l'Assaut. — L'Assaut. — Prise de la Ville, sa Situation après. — Un Mot de l'Empereur à l'Armée victorieuse.

Je chante ces soldats, ces valeureux guerriers,
Qui vont en Orient moissonner des lauriers ;
Nos superbes vaisseaux que monte cette armée
Ont traversé joyeux la Méditerranée,

Argonautes nouveaux ; mais ce n'est plus Jason
Allant pour conquérir une riche toison ;
Ils vont prendre d'assaut une ville orgueilleuse,
Brûler et couler bas sa flotte ambitieuse,
Et ses murs de granit ne résisteront pas
Au courage éprouvé de nos vaillants soldats.

Après avoir laissé derrière eux les Cyclades,
Où l'on voit folâtrer les Napées, les Naïades,
Et de la mer Égée avoir quitté les eaux,
De l'Hellespont, ami, l'escadre fend les flots,
Et puis des propontis, sillonnant la surface,
Par un vent protecteur a dévoré l'espace ;
On eût dit nos vaisseaux suspendus sur la mer,
Comme un léger esquif sur ce liquide amer.
Alors, on vit sortir de leurs grottes profondes,
Vrais palais sous-marins, les habitants des ondes,
Tout étonnés de voir ces bâtiments nouveaux
Voguer paisiblement sur ces limpides eaux.
Sans entendre Sistos sur eux lancer la foudre,
Ni le fort Abidos pour les réduire en poudre,
Marmara parut être en ébullition,
Lorsque des cétacées parut la légion.
Là, de nombreux dauphins à l'écaille dorée
Précédaient en nageant les filles de Nérée,
Dont les beaux cheveux blonds flottaient au gré des vents,
Tombaient et retombaient sur leurs jolis seins blancs,
Plus blancs que n'est l'ivoire et plus blancs que la neige,

Le Dieu de l'Océan les aime et les protége ;
Elles sont de sa cour le plus bel ornement
Et souvent pour leur plaire il baisse son trident :
On les voyait franchir les vagues écumantes,
Pour suivre de plus près nos voiles frémissantes.
Neptune protégeant nos vaisseaux, nos canons,
Pour leur servir d'escorte envoya ses Tritons,
Et pour mieux contempler cette troupe intrépide,
Il sort majestueux de son palais humide,
Ordonne à tous les vents de rester en repos
Et le Zéphyr léger vint effleurer les eaux.

Nos soldats, en voyant ces rives merveilleuses,
Riches de souvenirs, qu'on croyait fabuleuses,
La joie est dans leur cœur, tout le monde est à bord
Et Byzance reçoit nos vaisseaux dans son port.
Jamais on n'avait vu dans cette rade immense,
Pour défendre un Sultan, l'Angleterre et la France :
Le monde est étonné de ce fait merveilleux,
A peine si le Turc peut en croire ses yeux.

Fière Sébastopol, tyran de la mer Noire,
De Sinope le sang tache aussi ton histoire.
Toi, la seconde clé de l'empire du Czar,
Tu te crois, sur ton roc, un autre Gibraltar.
Aussi ton Souverain, d'une voix insolente,

Vient dire au grand Sultan : — Il faut plier ta tente
Et la dresser ailleurs, dans de lointains déserts,
Ou bien, comme le Juif, errer dans l'Univers ;
Va, de ton faux Prophète emporte les reliques,
Byzance ne doit plus être à des Hérétiques.

Toi, belle Roumélie et tes riants côteaux,
Ton ciel pur et serein, et tes limpides eaux,
Tes jardins enchanteurs et tes parfums suaves,
Seront bientôt, j'espère, au pouvoir de mes Braves ;
C'est là le juste prix de leur noble valeur :
On est maître du monde, alors qu'on est vainqueur !
Pour prouver à ces Turcs ma royale clémence,
Qu'ils gardent, j'y consens, leur absurde croyance ;
Mais bientôt on verra, sur tous les monuments,
Briller la croix du Christ en place des Croissants.
Qu'on brûle l'Alcoran, que le Sultan, lui-même,
Dépose entre mes mains son mourant diadême ;
Le Ciel le veut ainsi, mon sabre est l'instrument
Qui fait exécuter ce saint commandement.
A moi sont les Lieux-Saints, je le déclare au monde,
Plus de ces pélerins, la bande vagabonde,
Cette terre sacrée, où mourut le Sauveur,
Un Vizir ne doit plus en être possesseur.
Vous, qui croyez au Dieu du fourbe de Médine,
Il vous faudra sous peu quitter la Palestine,
N'irez plus à la Mecque adorer un tombeau,
Traversant un désert brûlant et privé d'eau :

Je veux du monde entier dissiper l'ignorance
Et forcer les Humains à la même croyance.

A moi Constantinople, à moi la Corne-d'Or,
Le Danube est franchi; mes marins sont à bord;
Mes Cosaques déjà courent la Bulgarie
Et bientôt ils seront dans la Sainte-Sophie.
Ces rochers monstrueux qui forment les Balkans
Ne sauraient arrêter leurs drapeaux triomphants;
Il me faut l'Hellespont, la Méditerranée,
Puis le détroit du Sund, et l'Europe est cernée.

Ombres de mes aïeux, du céleste séjour,
Vous voyez votre fils, objet de votre amour,
Accomplir vos desseins conçus pendant trois règnes,
Oui, sur Byzance enfin vont flotter nos enseignes,
Sur la mer n'ayant plus à craindre d'ennemis,
Avant peu les Indoux devront m'être soumis,
Ces peuples fatigués du joug de l'Angleterre
Viendront tous se ranger sous ma douce bannière,
Le Bengale et Tibet sont une mine d'or,
Qui n'ira plus grossir de Londres le trésor.
Souverain de la terre, ami du vieux Neptune,
A mon Dieu je devrai cette immense fortune,
Orthodoxes alors seront tous les mortels
Qui devront en tous lieux m'élever des autels.
Constantinople aux Czars fut dès longtemps promise,
Et l'histoire dira : Nicolas l'a conquise.

C'est alors qu'on verrait cingler de la Newa
L'orgueilleux vaisseau russe aux rives d'Odessa,
Débarquer en passant ses cohortes sauvages
Et par le fer, le feu, ravager nos finages.
Tels sont ces loups-cerviers qui portent la terreur
Dans l'innocent troupeau du pauvre laboureur ;
Puis, le Czar opprimer et l'Europe et l'Asie,
Et ses bourreaux tout prêts, ou bien l'Orthodoxie,
Non, ce n'est point assez pour cet Ogre du Nord,
Ce sont deux continents qu'il lui faudrait encor,
A régner sur le monde, imitant Alexandre,
Ce Russe insatiable ose toujours prétendre.

La France et l'Angleterre en voyant ces desseins
Ont aussitôt armé leurs soldats, leurs marins
Pour défendre le faible et briser le colosse
Qui veut tout envahir, abusant de sa force,
Et Dieu n'a pas voulu que l'Affamé du Nord
Vînt des filles d'Hesper manger les pommes d'or.

O ma muse, dis-moi, de ta voix véridique,
Tout ce qui s'est passé d'étonnant, d'héroïque,
Dans cette grande lutte entre ces trois géants
Aussi fiers, aussi forts qu'étaient les trois Titans,
Disposant à leur gré d'un terrible tonnerre
Qui de loin vous foudroie et fait trembler la terre ;
Après d'affreux combats, dis-moi quel est le front

Où brillera la palme, où rougira l'affront ?

Déjà, près du Danube où la Porte commande,
De Sarmates l'on vit accourir une bande,
A sa suite traînant des milliers de canons,
Pour prendre une cité, ruiner ses bastions ;
Trois fois tentant l'assaut, et trois fois repoussée,
Ses morts et ses mourants comblèrent la tranchée.
Le soldat du Croissant qu'on croyait sans vigueur,
Silistrie a fait voir quelle était sa valeur.

Nos vaisseaux du Bosphore ont quitté les rivages,
Bravant du Pont-Euxin les gouffres, les orages ;
Avant de s'élancer sur ces sinistres flots,
Le sang n'a point coulé de deux jeunes agneaux,
Pour apaiser les Dieux qui soufflent les tempêtes.
On donne le signal, et les voiles sont prêtes :
Le pilote attentif est à son gouvernail,
Et chacun à son bord sait quel est son travail.

Par le vent, la vapeur, la flotte est emportée,
Et, comme un trait rapide, elle arrive en Crimée.
Bords inhospitaliers, couverts d'épais brouillards,
Vous n'arrêterez point nos vaillants étendards.
En un instant, l'armée et tous les équipages,
Canons, caissons, chevaux munis de leurs bagages,

Sont sur la plage en ligne et prêts à faire feu.
Ce débarqnement fut pour nos soldats un jeu.

Allez, leur dit Bellone, allez à la victoire ;
J'aplanirai pour vous le chemin de la gloire ;
Vous aurez à souffrir, à braver bien des maux ;
Mais ils seront aussi de glorieux rameaux.
Courageux alliés de cette noble France,
En vos drapeaux unis ayez tous confiance :
Puis, d'un œil enflammé fixant leurs étendards,
Elle semblait leur dire : avant peu, des remparts
Hérissés de canons, que l'on croit imprenables,
Tomberont vaillamment sous vos coups redoutables.

Menschikoff, dans son camp fortement retranché,
Veut attendre qu'on soit de lui plus rapproché,
Nous laisse débarquer avec indifférence,
Sans daigner opposer la moindre résistance.
— Laissons, dit-il, venir ces soldats d'Occident ;
Je vais les disperser comme du sable au vent.
Tel on voit dans les airs s'exhaler la fumée,
Ainsi disparaîtra cette insolente armée.
Puis, s'adressant aux siens, il dit : Braves soldats,
Qu'aucun païen ne puisse échapper au trépas ;
Après avoir sur eux remporté la victoire,
Il faut tout engloutir au fond de la mer Noire,
Bagages, fantassins, caissons, canons, chevaux,

Cavaliers et marins avec tous leurs vaisssaux ;
Puis, dans **Sébastopol**, ma troupe glorieuse,
Couverte de lauriers, y rentrera joyeuse.

Le signal du combat est à l'instant donné,
Le Russe dans son camp n'en est point étonné.
Baïonnette en avant, nos bataillons s'élancent,
Et les feux meurtriers de l'ennemi commencent.
Là, de nombreux boulets éclaircissent nos rangs,
Sans retarder d'un pas nos braves régiments.
Le Zouave d'un bond fond sur la batterie,
Et des Russes vaincus fait une boucherie,
Les plonge par milliers dans la nuit du tombeau,
Et le reste s'enfuit comme un lâche troupeau ;
Menschikoff lui-même est saisi d'épouvante,
Sans regarder derrière, abandonne sa tente.
Ce vaillant Menschikoff, ce fameux général,
Qu'on disait un César qui n'avait pas d'égal,
Laisse prendre son camp ; sa déroute est complète,
Il va, la honte au front, dévorer sa défaite.

A ce combat d'Alma, Saint-Arnault commandait ;
Lui, général en chef, son plan était tout fait ;
Lui, dévoré du feu qui brûle un militaire,
Pour son âme bouillante, il lui fallait la guerre.
Prêt à rendre la vie, on le tient à cheval ;
Soutenu par deux bras, ce brave maréchal,

Après avoir gagné cette belle victoire,

Qui fut, hélas ! pour lui, son dernier jour de gloie,

On l'emporte souffrant ; de fatigue épuisé,

Dans les camps, aux combats, son corps s'était brisé.

Malgré l'art et les soins, il a quitté la vie,

Après avoir versé son sang pour sa patrie.

Si le ciel eût voulu différer son trépas,

Il eût planté son aigle au fort Saint-Nicolas ;

Lui seul avait trop tôt voulu cette entreprise,

Et par lui, néanmoins, la ville eût été prise.

Mais un autre guerrier aura l'insigne honneur

De la voir succomber sous son sabre vainqueur.

De l'Alma, d'Inkermann, nos victoires brillantes

Ont fait tenir au Czar ces paroles sanglantes :

—Prêchons la guerre sainte, afin d'anéantir,

Dit-il, tous ces païens qu'on ne peut convertir ;

C'est Dieu qui m'a choisi pour cette œuvre divine,

Russes, levez-vous tous et qu'on les extermine !

Pour que nos gros vaisseaux n'entrent point dans le port,

Craignant leurs feux puissants, de tribord, de babord ;

Et pourtant leurs boulets se croisent sur la passe ;

Mais voulant, par prudence, obstruer cet espace,

Ils ont là coulé bas leurs vaisseaux dans l'Euxin ;

Puis, Nicolas partout fit sonner le tocsin,

Appelant au secours de son immense Empire.

Ses Cosaques nombreux, tous les Grecs de l'Épire
Et ses Serfs abrutis, dont le funeste sort
Est de souffrir la faim en attendant la mort.
Pour mieux fanatiser cette troupe sauvage,
Le Pope, aux soldats, dit : Vous aurez en partage
Le divin paradis, pour prix de votre sang,
Parmi les Bienheureux vous irez prendre rang.

Ces Serfs obéissants, en ce jour de détresse,
Se hâtent lentement, mais le bâton les presse,
Et des Coalisés connaissant la valeur,
D'avance, ils sont battus, mourir est leur bonheur.
Ce Serf est mobilier, il n'a pas le nom d'homme,
Il est pour son seigneur une bête de somme.
Le Ciel aura pitié de cette race, un jour,
En changeant le pouvoir et les mœurs tour à tour ;
Dans quelque temps encore, on verra la Russie
Et l'Empire ottoman jouir d'une autre vie.
Ce terrible instrument, ce canon destructeur
Civilise en tuant le vaincu, le vainqueur.
Car, partout où la poudre a fait voir sa fumée,
L'homme a dit, il me faut une autre destinée,
Car il me semble voir, dans un court avenir,
Que l'homme ne doit plus à l'homme appartenir.
Un seigneur de la cour, né d'une illustre race,
Ose aborder le Czar, et bravant sa disgrâce,
— Grand souverain, dit-il, enhardi par son rang,
Qui touche de fort près tous les princes du sang ;

Il faut vous résigner à descendre du trône,
Laissez à votre fils le poids de la couronne,
Ou bien, Sire, craignez qu'un nouveau Benningsen (1)
N'entre en votre palais la nuit avec Pahlen,
Votre Sénat murmure et toute la noblesse
Voit d'un œil inquiet votre Empire en détresse,
Et de Saint-Pétersbourg, le peuple est mécontent ;
Craignez d'être entraîné, Sire, par le torrent ;
Le Russe, quoique esclave, à bout de sa souffrance,
Peut, un jour opposer cruelle résistance.

—Avant qu'un tel forfait, dit le Czar en courroux,
Ne soit exécuté, va, vous périrez tous,
Mes Sénateurs félons et ma lâche Noblesse
Iront en Sibérie étaler leur mollesse,
Et pour mieux imprimer la honte sur leur front,
Ils devront exploiter et le cuivre et le plomb.
A mort je défendrai mon double diadème,
Que Dieu m'a confié dans sa bonté suprême ;
Dans cette grande lutte il conduira mon bras,
Et les coalisés ne m'échapperont pas.
Mon faible échec d'un jour n'est point une défaite,
Ma victoire bientôt sera grande, complète,
Cette Europe qui va sous peu m'appartenir,
Je veux la mettre à sang, à feu pour la punir,

(1) Les deux Auteurs de la Fin tragique de Paul Ier.

Et j'y sacrifierai, puisque mon Dieu l'ordonne,
Tous mes sujets, mon or et ma sainte personne..

Le Ciel, pour arrêter ce terrible fléau,.
A plongé Nicolas dans l'éternel tombeau ; .
Mais on dit que le Fils hérite de son père
Et son ambition et son goût pour la guerre,
L'Empire moscovite est aujourd'hui trop grand,.
Il est temps de briser son sabre conquérant..

Fière Sébastopol, la justice divine
Pour punir ton audace a prononcé ta ruine..
Des troupes Canrobert prend le commandement,.
Sous tes murs orgueilleux il a posé son camp,
Dans un cercle de fer il te tient resserrée
Et d'un gros mur vivant tu te vois entourée..
L'ouvrage du génie avance promptement
Et la terre déjà nous ouvre un large flanc,
Tes canonniers partout sont à leurs batteries,
Déchaînant contre nous leurs terribles furies,
On voit tes bastions vomir un feu d'enfer
Sur nos vaillants guerriers ; mais de leurs bras de fer
Ils sapent hardiment tes épaisses murailles,
Affrontant tes boulets, tes bombes, tes mitrailles
Et nuit et jour gaiment, le fusil sous la main,
Ils manœuvrent le pic, la pelle et le burin
Pour creuser dans le roç la profonde tranchée
Où la garde aisément doit se tenir cachée,

Le Sarmate sourit en voyant ces travaux;
Ces fossés, se dit-il, deviendront leurs tombeaux.
Une pluie incessante, une neige cruelle,
Un froid très rigoureux, point d'abri sous la toile,
Enfoncé dans la boue et privé de sommeil,
Le soldat n'attend pas qu'on batte le réveil :
Du pain peu suffisant pour passer la journée
Et de la viande fraîche est rarement donnée ;
Ces souffrances n'ont point ralenti leurs travaux,
Dans le monde, soldats, vous n'avez point d'égaux !
Oui, soldats, soyez fiers de votre immense ouvrage
Que nos derniers neveux vanteront d'âge en âge,
Ces travaux merveilleux laisseront à jamais
De glorieux témoins du courage français.

L'Empereur apprenant cette affreuse misère
Qu'on éprouve parfois alors qu'on fait la guerre,
Ordonne à l'instant même à son gouvernement
D'envoyer aussitôt tout ce qu'il faut au camp,
Aliment, vêtements de toutes les natures,
Des tentes pour parer du climat les injures;
Et la France, imitant l'œuvre du Souverain,
Partout on fit des dons et de linge et de vin.

Canrobert de l'armée est le premier zouave ;
Parmi tous nos guerriers, en est-il un plus brave ?
Lui, général en chef des troupes d'Orient,
L'Empereur le nomma son premier lieutenant;

En lui donnant pouvoir de conférer les grades,
Même de décorer ses braves camarades ;
Il ne pouvait choisir une plus digne main
Qui sut si bien user du pouvoir souverain.
Poursuivez, lui dit-il, notre grande entreprise ;
Sébastopol doit être à vos armes soumise.
Puisque le Czar le veut, il le faut, Canrobert,
Faites de cette ville un horrible désert.

Vous, général, dont l'âme est sensible, brûlante,
Vous voyez à regret cette lutte sanglante
Où tant de nos guerriers ont trouvé le trépas ;
On est certain de vaincre avec de tels soldats !
Pour terrasser enfin un puissant adversaire,
Vous avez convoqué votre conseil de guerre
Où tous les généraux ont donné leurs avis.
Le premier fut le vôtre, il ne fut point admis.
Voyant qu'un autre plan avait la préférence,
Alors, pour conseillère ayant pris la prudence,
Vous avez résigné le suprême pouvoir,
Noble abnégation, héroïque devoir !
Sur le point d'emporter ce rempart formidable
Dont le siége par vous est une œuvre admirable,
Déposer le pouvoir est un sublime trait,
Et l'histoire dira pourquoi vous l'avez fait.

Du brave Pélissier la redoutable épée
Pour remplacer la vôtre est par vous désignée ;

L'Empereur confiant a confirmé ce choix ;
Mais, appréciateur de vos brillants exploits,
Il veut que vous ayez sous vos ordres encore
De nombreux bataillons qu'un feu guerrier dévore.
— Sire, répondez-vous, je garde seulement
De ma division l'ancien commandement ;
Je verrai de plus près mes vaillants camarades.
Ensemble nous prendrons canons et palissades ;
Etre chef ou soldat, je dois m'enorgueillir,
Mon sang pour ma patrie est tout prêt à jaillir :
Ma vie est à vous, Sire, et ma fidèle épée
Doit vaincre ou se briser sur le sol de Crimée.

Oui, le jour et la nuit, Canrobert est partout ;
Du siége qu'il a fait il veut en voir le bout.
Malgré qu'il souffre encor des blessures cruelles
Que le fer africain faillit rendre mortelles,
Malgré que la fatigue ait compromis ses yeux,
N'importe ! dans son œil est un feu belliqueux
Qui fait qu'il voit assez le jour de la bataille
Pour vaincre et pour frapper et d'estoc et de taille.

Mais l'Empereur, voulant conserver ce guerrier,
Le rappelle, et lui dit d'un ton doux, familier :
— Vous, mon cher Canrobert, des braves le modèle,
Je connais votre cœur, je connais votre zèle,
Magnanime guerrier, lion dans le combat ;

Vous, constamment le père et l'ami du soldat,

Je dois le proclamer, votre vaillante épée

A, sous Sébastopol, illustré notre armée.

Ce siége unique au monde est un fait surhumain ;

Vous savez mon penser, je vous serre la main.

Je voudrais la serrer à cette armée entière,

Qui déjà, mainte fois, dans cette grande guerre,

A dans tous ses combats moissonné des lauriers,

Et des plus glorieux ; mais non pas les derniers.

Cette Sébastopol devra bientôt se rendre,

Ou nos foudres d'airain vont la réduire en cendre.

Je serre aussi la tienne, intrépide marin,

Vainqueur dans la Baltique et maître de l'Euxin.

Oui, de terre et de mer, soldats, votre courage

Vous vaudra dans l'histoire une superbe page :

Le monde vous admire, illustres combattants,

Et la France orgueilleuse embrasse ses enfants.

Le vaillant Pélissier, brandissant son épée,

Vient dire avec chaleur à sa bouillante armée :

—Vous, Français, héritiers des lauriers paternels,

Vous, braves alliés, tous aux cœurs fraternels,

Fatigués sous ces murs, dans votre ardeur extrême,

Vous brûlez d'arriver au dénoûment suprême,

Eh bien ! soyez contents, enfin sont terminés

Tous les travaux d'approche et mes ordres donnés.

Allons, enfants, dit-il, de cette voix guerrière

Qui fait battre le cœur d'un brave militaire :

A nous Sébastopol ! à nous la Malakoff !
Il faut prendre ou chasser le prince Gortschakoff ;
Il faut vaincre ou mourir, dignes fils de la gloire,
Le Ciel est avec nous, nous aurons la victoire.
En avant, à la course, à l'assaut ! à l'assaut !!!
—L'échelle aux pieds des murs est placée aussitôt ;
Pour combler les fossés l'on jette des fascines.
Aux Russes, nos soldats présentent leurs poitrines,
Puis tous les bataillons volent comme un essaim
Qui s'abat, se cramponne après ces murs d'airain.
L'assiégé, l'assiégeant, l'arme au poing, face à face,
S'égorgent pour défendre et pour prendre la place.
Là, le fer et le plomb volent de toutes parts,
Sabres, fusils brisés, encombrent les remparts ;
Partout c'est un volcan lançant au loin sa lave,
Qui frappe, brûle, tue, et blesse plus d'un brave.

Le bruit de ces canons qui vomissent la mort,
Nos soldats désiraient ce bruit avec transport,
C'est du Ciel irrité l'effroyable tonnerre,
C'est ce feu souterrain qui fait trembler la terre,
C'est ce feu des enfers qui brûle les mortels,
C'est Mars qui veut de sang inonder ses autels ;
Ce n'est plus un combat, c'est une boucherie,
Alors, on n'entend plus gronder l'artillerie.
Des milliers de soldats par le fer abattus,
Morts et mourants sont là, l'un sur l'autre étendus.
L'on voit des deux côtés un féroce courage,

Ma plume se refuse à peindre ce carnage.

Intrépides soldats tombés, frappés à mort,

Parmi les immortels, oui, vous vivrez encor.

Sur la terre, en tombant, les trous que font les bombes,

A nos braves tués, peuvent servir de tombes.

Que de héros, grand Dieu ! que de vaillants guerriers

Succombent en ce jour tout couverts de lauriers !

Toi, l'auteur de ces maux, autocrate barbare,

Que n'es-tu, tout vivant, plongé dans le Tartare ?

A travers ces monceaux de morts et de mourants,

Nos bataillons vainqueurs, de carnage fumants,

S'emparent des canons que le Russe abandonne,

Et soudain, contre lui, ce même bronze tonne ;

Le Sarmate, un instant, fait de nouveaux efforts;

C'est un vrai pugilat, l'on se bat corps à corps,

On ne voit pas de sang une main non tachée,

De cadavres sanglants la terre en est jonchée.

Ecrasé sous nos feux, sur tous les points battu,

L'ennemi cependant ne se croit pas vaincu,

Il fuit, non sans combattre et cruel en sa rage,

Il brûle et détruit tout sur son affreux passage

Et le Français qui tombe oubliant sa douleur,

S'il pousse encore un cri, c'est : Vive l'Empereur !

Le sang jaillit par flots, et la ville enflammée

Obscurcit le soleil de sa noire fumée ;

On voit les habitants, pour éviter la mort,

Courir et s'entasser dans les vaisseaux du port.

C'est un torrent de feu qui dans la cité coule ;
Là, c'est un monument embrâsé qui s'écroule,
Et tombe avec fracas. Partout sont des fuyards
Par la frayeur courbés comme on voit les vieillards,
Elevant vers les cieux leurs deux mains suppliantes,
Faisant retentir l'air de leurs voix gémissantes ;
S'ils ne sont écrasés sous le poids des débris,
Ils entendent partout les plus lugubres cris,
Et croyant voir sortir des cadavres les ombres,
Ils s'affaissent sans vie au milieu des décombres.
Ce spectable est affreux ; mais malheur aux vaincus,
Gortschakoff et les siens sont dispersés, battus,
Son armée en désordre est en pleine déroute,
Et de Moscou, dit-on, elle a suivi la route.

Sébastopol n'est plus que cendres, que débris,
Qu'un lac de sang tout plein de corps humains pourris,
D'où se répand au loin l'odeur cadavéreuse ;
Ah ! ce n'est plus qu'un spectre à la face hideuse !

Orgueilleuse cité, sur ton sanglant rempart,
Vois cette Aigle française et ce fier Léopard ;
Vois près d'eux le Croissant qui doit ouvrir encore,
Sous leur protectorat, les portes de l'aurore.
Vois le pieux drapeau du Sarde triomphant
Qui vient aussi du Nord arrêter le torrent,
Tout prêt à déborder sur cette Gaule antique,

Gouvernée aujourd'hui par un roi pacifique,
Dont les peuples, heureux sous son gouvernement,
Ont pour sa majesté le plus grand dévouement.
De sa franche amitié ce prince, brave et sage,
A la France a donné le plus vrai témoignage.
Sous un drapeau commun, soldats Piémontais,
Vous marchez au combat à côté des Français,
Partageant avec eux les périls et la gloire ;
Comme eux vous aurez part au récit de l'histoire :
Vous êtes accouru pour barrer le chemin
A ces hordes du Nord affamées de butin.

Solides sous le feu, vous, braves insulaires,
Vous êtes aujourd'hui pour les Français des frères.
Oui, c'est un acte immense, ô reine d'Albion,
Ta visite au tombeau du grand Napoléon ;
C'est l'oubli d'un forfait et d'une vieille haine ;
C'est d'une amitié franche en resserrer la chaîne.

Quand la division Canrobert donnera,
La tour de Malakoff en nos mains tombera,
Disaient souvent entre eux au camp les militaires,
Bien qu'ils soient en courage égaux, amis et frères.
Mac-Mahon commandait cette division
Qui devait attaquer ce fameux bastion,
Dont un triple rempart en formait la défense,
Murs de granit, canons, Russes pleins de vaillance.

Sous les nobles efforts de nos bouillants soldats,
La tour fut emportée après rudes combats.
La prise de ce fort décida la victoire ;
Partout les assaillants se sont couverts de gloire !

L'ambition du Czar cause tous ces malheurs ;
Que sur lui seul la guerre exerce ses horreurs !
Si de dix-huit cent douze il cite la campagne,
Qu'il se rappelle aussi nos combats d'Allemagne.
Oui, par un ciel affreux on vit nos bataillons
Décimés par le froid, et non par ses canons
Que nos soldats avaient pris à la baïonnette,
En forçant son armée à se mettre en retraite.

Malheureuse cité, je plains ton triste sort ;
L'auteur de tous tes maux veut les grandir encor.
Tes milliers de canons, tes remparts formidables,
Et ta flotte et tes forts qu'on croyait imprenables,
Sous le feu d'Occident sont tombés tour à tour.
Un pareil sort attend Cronstadt, Saint-Pétersbourg.
Alexandre second devra bientôt nous dire
S'il veut comme son père étendre son empire,
Ou s'il veut s'incliner, sans blesser son honneur,
Devant la juste loi qu'impose le vainqueur.
La Crimée est à nous ; ce riche territoire
Doit être, et plus encor, le prix de la victoire.

Tant de précieux sang n'a point en vain coulé ;
Le Russe vers le pôle y sera refoulé.

Que de sang répandu dans toutes ces batailles !
Le Czar pour ses sujets n'a jamais eu d'entrailles.
L'homme pour lui n'est rien qu'un docile instrument
Dont il peut se servir, et n'importe comment :
Tout son peuple abruti comme un saint le révère,
Et le soir à genoux fait à lui sa prière.

Ces superbes lauriers, cueillis par nos vainqueurs,
A de tendres parents ont dû causer des pleurs ;
Mais puisqu'il faut mourir, mourir pour sa patrie,
C'est une noble mort que plus d'un brave envie ;
Napoléon pour eux a le cœur paternel ;
Ce jour pour nos guerriers est un jour immortel.
Les Français, les Anglais, et les Turcs et les Sardes,
Pour chanter leurs exploits auront chacun leurs bardes.

Tel après la bataille où les Français vainqueurs,
Dans les champs d'Austerlitz, de deux grands empereurs,
Napoléon peut dire à notre brave armée :
— Sébastopol est pris, quelle belle journée !
Je suis content de vous, soldats et généraux ;
Je vous porte en mon cœur, vous êtes des héros !

Si Napoléon règne, en savez-vous la cause ?
La cendre de son oncle à Lutèce repose ;
D'y ramener son corps quand l'ordre fut donné,
Philippe dès ce jour fut un roi détrôné ;
Car, l'ombre du héros rentrant dans sa patrie
Exalta des Français la vive sympathie :
Ces grands événements, heureux ou malheureux,
Qu'on ne saurait prévoir, sont les secrets des Dieux.

La Seine et la Tamise étant toujours amies,
Les Nations pourront rester longtemps unies.
Par leurs lois, par leurs mœurs, ces deux peuples puissants
Seront du monde entier toujours les plus brillants ;
Ils jouissent tous deux des douceurs de la vie
Et d'une liberté que tout le monde envie.
L'Ogre affamé du Nord doit rester, désormais,
Sous sa glace éternelle et n'en sortir jamais.

C'est à Napoléon, à son puissant génie,
Que l'Europe devra cette source de vie.
La paix, mère des arts, c'est le bonheur parfait,
Que les peuples, en chœur, chantent le grand bienfait!
Te Deum laudamus, Dieu protége la France
Et pour nos ennemis implorons sa clémence.

Que tu dois être heureux et fier, Napoléon,
Déjà tout l'univers est rempli de ton nom.
Oui, Sire, c'est ta haute et franche politique,

Ton amour pour le peuple et ta foi pacifique,
Qui font qu'on aime, admire, un Napoléon trois,
Qui sera dans l'histoire un de nos plus grands rois.
Les trônes sont fondés sur le droit de naissance,
Bonaparte a fondé le sien par sa vaillance.
Son blason vaut bien ceux qui comptent cent quartiers
Et déjà son grand nom passe à deux héritiers.

Partagez son bonheur, excellente Eugénie,
Vous êtes son bon ange, aussi son bon génie,
Ah ! donnez à la France un noble rejeton,
Aujourd'hui, les Français sont tout Napoléon.
Du prince de son choix, la France, heureuse et fière,
Verrait avec bonheur sa race héréditaire ;
Car il porte un grand cœur, sensible et généreux :
Un excellent monarque est un présent des Dieux.
Que Votre Majesté me pardonne ces rimes,
Pour faire son éloge, il les faudrait sublimes,
Et pour cela, ma muse a trop peu de talent,
Aussi, ce qu'elle pense est dit tout simplement.
Dieu, pour faire du bien, vous mit sur cette terre ;
Sitôt qu'un malheureux vous a fait sa prière,
S'il souffre et s'il est digne, ah ! ce n'est point en vain,
Vous étendez sur lui votre angélique main.
Vos vertus, vos bienfaits, traverseront les âges,
Et la France à vos pieds dépose ses hommages.

ÉPISODE

Un Touriste visitant les Ruines de Sébastopol et un Hôpital de Constantinople. — Un Turc converti au Christianisme.

Touriste curieux, tu viens voir en Crimée
Les travaux merveilleux de notre brave armée ;
Je veux être ton guide, approche, écoute-moi :
Des destins, ici-bas, tout doit subir la loi.
De ce côté, regarde et vois sur le rivage
De cette mer houleuse où naît souvent l'orage,
Ces monceaux de débris encore tout fumant,
Vois ces lambeaux de chair et ces taches de sang.
Des milliers de soldats gîsent sous ces décombres,
Une paix éternelle a rapproché leurs ombres.
Là, fut Sébastopol, formidable rempart,
Renversé par un Aigle et par un Léopard.
Le temps qui détruit tout, a frappé de ses ailes
Et la ville et son port, et ses nombreuses voiles,
Il voulut pour hâter cette destruction
Employer la fureur du terrible canon.
Ces forts furent bâtis, après guerre perfide,
Sur le sol teint du sang de l'antique Tauride.

Les grands seigneurs du Nord, détestant leurs marais,
Convoitaient, du Sultan, l'Empire et les palais.

Touriste, retournons dans l'antique Byzance,
Où règnent la mollesse et l'extrême opulence,
Où le Turc, au soleil, couché nonchalamment
Fume avec volupté son tabac d'Orient.
Là, visitons ces lieux que tout mortel révère,
Séjour de la douleur, séjour de la misère,
Entre et vois ces soldats, échappés au tombeau,
De blessures couverts pour l'honneur du drapeau ;
Ils furent ramassés sur les champs de bataille,
Déposés sur ces lits et sur ces tas de paille,
Et dans ce triste asile, où souffrent ces héros,
Vois la mort promener sa redoutable faux.
Celui qui désespère à son secours l'appelle,
Un autre la maudit, la traite de cruelle.
Des horreurs des combats, détournons nos regards,
Qu'on laisse reposer les sanglants étendards ;
Qu'ils dorment, s'il se peut, pendant nombre d'années,
La paix produit aussi de grandes renommées.

Mais un autre tableau, saisissant, merveilleux,
Va consoler ton cœur et surprendre tes yeux.
Là, les fils d'Esculape, enflammés d'un saint zèle,
Armés d'un fer tranchant, d'une trempe fidèle,
Coupent, sans hésiter, les jambes et les bras

De ces braves blessés, qui ne se plaignent pas.
On les voit extirper d'une main docte et sûre,
Ou du fer, ou du plomb d'une affreuse blessure.

Maintenant, admirons le divin doigt de Dieu,
Des anges de bonté sont ici dans ce lieu ;
Près de tous les blessés, vois-tu ces saintes filles
Que recrute le Ciel dans toutes les familles,
Donnant leurs tendres soins à tout être souffrant,
Qu'il soit Juif ou Chrétien, ou Grec, ou Musulman,
Et de leurs blanches mains, attentives et légères,
Elles pansent les maux de tous ces militaires.
Leurs angéliques voix, leurs yeux consolateurs
Raniment le malade et calment ses douleurs,
Leurs fronts restent sereins malgré la triste vue
De livides lambeaux d'une chair corrompue,
Où l'on voit fourmiller des rongeurs dégoûtants
Sur les os dénudés des morts et des mourants,
Ces sœurs sont à jamais à couvert de l'envie,
Aussi, Dieu les attend dans l'éternelle vie :
Voilà le divin prix du vertueux Chrétien
Et si pendant sa vie il sut faire le bien.

Un Turc, émerveillé de ces vertus sublimes
Dont ces vierges parfois sont les pauvres victimes :
S'adressant à la sœur qui lui panse ses maux,
Pourquoi fais-tu, dit-il, ces dégoûtants travaux ?

—Ce Christ que tu vois là, pendant à ma ceinture,

C'est l'image de Dieu, l'auteur de la nature,

C'est ce Dieu qui m'a dit, sois Sœur de charité,

La vertu, les bienfaits font la félicité,

Va, fais le tour du monde et ne crains rien, ma fille,

Les hommes sont partout de la même famille.

Que de nombreux écueils vont naître sous tes pas,

Que ta chaste pudeur ne s'en alarme pas,

Si contre la raison ton tendre cœur murmure,

Si tes sens agités invoquent la nature,

Que ton âme en priant s'élève vers les cieux,

Que des larmes de paix s'échappent de tes yeux,

Ton pied s'affermira sur ta route épineuse,

Et tu resteras vierge, aimante et vertueuse.

Ton bon ange gardien ne te quittera pas,

Il sera près de toi jusqu'au jour du trépas ;

A ces mots je m'embarque et bravant les orages,

Frère, pour te panser je viens dans ces parages,

— Que de précieux dons t'a départi le Ciel !

Ton cœur, tes mains, ta bouche et tes yeux sont de miel,

Comme on voit un beau soir scintiller les étoiles,

Tes célestes vertus brillent aussi comme elles.

Leurs feux ont embrasé mon cœur et mon cerveau ;

J'étais mort, aujourd'hui je sors de mon tombeau ;

Mais quel jour merveilleux soulève mes paupières ?

Je me vois inondé d'un torrent de lumières,

A professer ta foi, ma Sœur, je suis tout prêt,

Permets moi d'embrasser ton divin Mahomet ;

Soudain, il prend le Christ et le porte à sa bouche ;

Ah ! maintenant, dit-il, il faut que je te touche,

Il saisit sa main blanche et la serre en disant :

Non, non, je ne suis plus du Prophète un Croyant.

Dès aujourd'hui, mon Dieu, c'est le dieu de la France,

C'est en lui que je mets toute mon espérance.

Paris. — Typ. APPERT ET VAVASSEUR, pass. du Caire, 54.